CATALOGUE MENSUEL N° 191

NOVEMBRE



# LIBRAIRIE

DE

# THÉOPHILE BELIN

**29, Quai Voltaire, PARIS**

PARIS

LIBRAIRIE THÉOPHILE BELIN

29, QUAI VOLTAIRE, 29

—

1893

4475. **About** (Edm.). La Vieille Roche. Paris, Hachette, 1865, 3 vol. in-8, demi-veau fauve, tr. jasp. 10 fr.

Comprenant : Le Mari imprévu. — Le marquis de Lanrose. — Les Vacances de la Comtesse.

4476. **About** (Edm.). Le Progrès. Paris, Hachette, 1864, in-8, demi-veau fauve. 5 fr.

Edit. originale.

4477. **Abrégé de l'Histoire des Roys de France**, avec les effigies, tirées des plus rares et excellents cabinets de France. A Rouen, chez Louys du Mesnil, 1624, in-8, mar. lavall. jans., dent. int., tr. dor. 40 fr.

Nombreux portraits gravés sur bois, plus une planche également gravée sur bois représentant un supplice.

4478. **Abrégé** chronologique des principaux Evènements qui ont précédé la Constitution *Unigenitus*, qui ont donné lieu, ou qui en font les suites, avec les 101 propositions du P. Quesnel, mises en parallèle avec l'écriture et la tradition, in-12, veau. 5 fr.

Jolies figures gravées.

4479. **Adam** (Mme.). Païenne. Paris, Ollendorff, 1883, pet. in-8, br. Couv. 12 fr.

L'un des 25 exempl. sur papier de Hollande.

4480. **Adams Appel**. Jean Vander Veens. Zinne Beelden oft Adams Appel. Amsterdam by Everhard cloppenburgh, 1642, in-4, vélin, fig. 10 fr.

4481. **Advis** fidelle aux véritables Hollandais. Touchant ce qui s'est passé dans les villages de Bodegrave et Swammerdam, et les cruautés inouies que les Français y ont exercées. S. l. (à la Sphère), 1773, in-4, veau, granit anc. 30 fr.

Fig. de Romain de Hooge.

4482. **Aesopi** Fabulæ Græce. Parisiis, an I de la République, in-8, veau rose, fil., dent. à froid, milieux dorés, dos orn., tr. dor., portraits (Thouvenin.) 10 fr.

Jolie reliure.

4483. **Agnès**, princesse de Bourgogne, nouvelle. Cologne, 1678, pet. in-12, mar. bleu, fil., dent. int., tr. dor., dos orn. (Hardy-Mennil.) 25 fr.

Petit volume, très intéressant.

4484. **Agréables** (les) divertissements de la table ou les Réglements de l'illustre Société des frères et sœurs de l'ordre de Méduse. Lyon, 1712, pet. in-12, veau fauve, fil., tr dor., figures et vignettes (Koehler.) 25 fr.

L'Ordre de Méduse était une Société de plaisir, fondée à Toulon, par M. de Vibray. On trouve dans l'ouvrage, outre des chansons, etc..., des portraits en vers des frères et sœurs, lesquels sont désignés par des initiales et des surnoms.

4485. **Agrippa**. Henrici Cor. Nelli Agrippae ab Nettisheym. De incerditudine et vanitate scientiarum declamatio inuectiua, denuo ab autore recognita et marginulibus Annotationibus aucta, 1536, petit in-8, demi-veau fauve. 5 fr.

Portrait sur le titre.

4486. **Aicard** (Jean). La Chanson de l'enfant. Paris, Chamerot, 1884, gr. in-8, demi-mar. rouge, avec coins, tête dor., non rog. 18 fr.

Illustré de 128 compositions par Lobrichon, dans le texte et hors texte, un beau portrait et fac-simile de l'auteur.

4487. **Ainslie**. Views in the Ottoman dominious in Europe, in Asia and some of the Mediterranean islands. London, 1810, 1 vol. in-fol., demi-chag. rouge. 60 fr.

39 planches en couleurs.

4488. **Alberti** (Gli) di Firenze genealogia storia e documenti. In Firenze, 1869, 2 vol. in-4, demi-chag. bleu, avec coins, tête dor., non rog., dos orn. 35 fr.

Planches hors texte sur chine collé, 13 planches d'armoiries.

4489. **Albi** (Henri). Eloges historiques des cardinaux illustres, français et étrangers, mis en parallèle avec leurs pourtraits au naturel. Paris, de Cay, 1644, petit in-4, veau brun. 10 fr.

Nombreux portraits sur cuivre.

4490. **Alcoran** (l') de Mahomet, traduit d'arabe en françois par le sieur Du Ryér, sieur de la Garde Malézair. A La Haye, chez Ad. Mœtjens, 1683, pet. in-12, veau écaille, fil., tr. rouge, front. 5 fr.

4491. **Alexandre**. Encyclopédie des Echecs, résumé comparatif en tableaux synoptiques des meilleurs ouvrages écrits sur ce jeu, par les auteurs français et étrangers, tant anciens que modernes, mis à l'usage de toutes les nations par le langage universel des chiffres. Paris, 1837, in-4, br. 25 fr.

4492. **Alletz.** L'Albert moderne, ou nouveaux secrets et procédés utiles, ou curieux, pour l'entretien de la beauté et de la santé : la guérison des maux et maladies, la conservation et diverses préparations des alimens et des boissons. Paris, Duchesne, 1793, 3 vol. in-12, demi-veau. 12 fr.

3 figures.

4493. **Allom** (Thomas). L'Empire chinois, illustré d'après des dessins pris sur les lieux. Avec les descriptions des mœurs, des coutumes, de l'architecture, de l'industrie, etc., du peuple chinois, depuis les temps les plus reculés jusqu'à nos jours, par Clem. Pellé. Londres, Fisher, 4 vol. in-4, demi-veau, avec coins, plats toile, tr. dor. 25 fr.

Nombreuses figures gravées sur acier.

4494. **Allonville.** Mémoires tirés des papiers d'un homme d'état sur les causes secrètes qui ont déterminé la politique des cabinets dans les guerres de la Révolution (1792-1815). Paris, Michaud, 1831, 13 vol. in-8, demi-veau vert, carte. 30 fr.

Exempl. très propre.

4495. **Almanach** de la mode de Paris, tablettes du monde fashionnable. Paris, 1834, in-12, br., fig. 5 fr.

Première année seulement.

4496. **Almanach** de la Cour, de la ville et des départements pour 1832. Paris, Janet, s. d., in-18, cart. dans un étui. 3 fr.

4 figures.

4497. **Almanach** utile et agréable de la loterie impériale et royale pour l'année 1781. Où l'on voit son origine et ses progrès en Italie, son établissement dans les Pays-Bas Autrichiens et quelques avis sur le jeu, avec les différentes méthodes de placer le plus avantageusement sa mise. Bruxelles, Imp. royale, 1781, in-12, veau ant., dent., armoiries sur les plats, tr. dor. 20 fr.

Frontispice allégorique.

4498. **Almanach.** Les Tableaux de l'expérience ou le Gymnase des adolescents. Paris, Janet, s. d., in-32, mar. vert, tr. dor. (Rel. anc.) 35 fr.

10 charmantes figures.

4499. **Almanach** iconologique ou des Arts pour l'année 1764, orné de figures avec leurs explications par Gravelot, avec privilège du roy. A Paris, chez Lattré, graveur, rue Saint-Jacques, à la ville de Bordeaux, pet. in-18, entièrement gravé, mar. rouge, fil., tr. dor. (Rel. anc.). 30 fr.

Titre et frontispice par Legrand et Lemire, et 12 planches gravées.

4500. **Almanach** iconologique ou des Arts pour l'année 1772, orné de figures avec leurs explications par Gravelot. A Paris, chez Lattré, graveur, rue Saint-Jacques, en la ville de Bordeaux, pet. in-18, mar. rouge, fil., tr. dor. (Rel. anc.) 25 fr.

12 figures par Massard, A. de Saint-Aubin, Prevost, de Longueil, de Ghendt, Simonet, Choffard.

4501. **Almanach** iconologique pour l'année 1774, 2e partie des sciences par Cochin, avec privilège du roi. A Paris, chez Lattré, graveur, rue Saint-Jacques, en la ville de Bordeaux, pet. in-18, mar. rouge, fil., tr. dor. (Rel. anc.) 25 fr.

12 figures par Cochin, Simonet, de Née, Leveau, Masquelier, de Ghendt, Saint-Aubin, Ponce.

4502. **Almanach** iconologique pour l'année 1776, par Cochin, avec privilége du roi. A Paris, chez Lattré, graveur, rue Saint-Jacques, pet. in-18, mar. rouge, fil., tr. dor. (Rel. anc.) 25 fr.

12 figures par Cochin, Massard, Lingée, Aliamet, de Launay, Leveau, Simonet, Ponce, Legrand.

4503. **Amadis Jamyn.** Œuvres poétiques, avec sa vie, par Guillaume Colletet, d'après le manuscrit incendié au Louvre et une Introduction par Charles Brunet. Paris, 1879, 2 vol. in-12, br. 6 fr.

4504. **Amand Durand.** Œuvre de Lucas de Leyde, reproduit et publié par Amand Durand, texte par Duplessis. Paris, s. d., in-fol., avec 174 planches en portef. 125 fr.

Bel. exempl. publié à 250 fr., état de neuf.

4505. **Amand Durand.** Œuvre de Rembrandt reproduit et publié par Amand Durand. 3 vol. in-folio et atlas gr. in-folio contenant 350 planches en portef. 300 fr.

Bel exemplaire publié à 450 fr.

4506. **Amand Durand.** Eaux-fortes de Antoine Van Dyck, reproduites et publiées par Amand Durand texte par G. Duplessis. Paris, s. d., in-folio avec 21 planches sur parchemin. 70 fr.

Publié à 120 fr.

4507. **Amand Durand**. Livres à dentelles et dessins d'ornements reproduits et publiés par Amand Durand sous la direction d'E. Bocher in-4, en feuilles dans un carton. 25 fr.

Recueil de 40 planches contenant 110 sujets d'ornement

4508. **Amand Durand**. Livres à dentelles et dessins d'ornements, reproduits et publiés par Amand Durand sous la direction d'E. Bocher, in-12 oblong, en feuilles dans un carton. 20 fr.

Recueil de 40 planches contenant 110 sujets d'ornement.

4509. **Amateur d'autographes** (L') Revue historique et biographique. Paris, Charavay, de l'origine 1862 au 16 décembre 1871. Ensemble 3 vol. in-8, demi-chag. noir et le reste en livraisons. 25 fr.

4510. **Ambassade** (L') de la compagnie Orientale des provinces unies des empereurs de la Chine ou grand Cam de Tartarie. Leyde, 1665, in-fol. veau. 20 fr.

Nombreuses planches, rel. fatiguée.

4511 **Amélie** ou les écarts de ma jeunesse. Chez tous les libraires, 1886, in-8, br. 6 fr.

L'ouvrage a pour épigraphe un verset des Proverbes de Salomon : « Une belle femme sans pudeur est comme une bague d'or au museau d'une truie. »

4512. **Amour** (L') sur les toits. Liège, A. Faust, 1865, in-12, demi-chag. viol., n. rog. 4 fr.

4513. **Amour** (L') aux colonies, singularités physiologiques et passionnelles observées durant trente années de séjour aux colonies françaises, Cochinchine, Tonkin et Cambodge, Guyane Martinique, Sénégal et Rivières du Sud, Nouvelle Calédonie, Nouvelles-Hébrides et Taïti, par le Dr Jacobus X***. Paris, Liseux, 1893, 1 fort vol. in-8, de 400 pages. 40 fr.

J'ai passé 28 années de ma vie au milieu des peuples les plus divers, dans les cinq parties du monde. Grâce aux soins que ma profession me permettait de donner aux indigènes et à l'étude de leurs langues, j'ai pu gagner leur confiance et voir de très près leurs mœurs, genre de vie, habitudes, etc. ....Ma spécialité des maladies des organes génitaux urinaires m'a permis d'étudier sur le vif et de recueillir de nombreuses et précieuses confidences. (Préface).

4514. **Amours** des dames illustres de notre siècle. A Cologne, chez Jean Le Blanc 1703, fort vol. in-12 de 587 pp., front. mar. rouge, fil., dent. int., tr. dor. dos orné. (Hardy). 40 fr.

Contient : Histoire amoureuse des Gaules. — Maximes d'amour. — Alosie ou les Amours de M. D. M. T. P. — Le Palais Royal ou les amours de Mme de La Vallière. — Histoire de l'amour feinte du Roy pour Madame. — La princesse ou les amours de Madame. Le Perroquet, ou les amours de Mlle. — Junonie ou les amours de Mme de Bagneux. — Les fausses prudes, ou les amours de Mme de Brancas et autres dames de la Cour. — La déroute ou l'adieu des filles de joye de la ville de Paris. Avec leurs noms, leur nombre et les particularitez de leur prise et de leur emprisonnement et la requeste à Mme de La Vallière. — Le passe-temps Royal, ou les amours de Mlle de Fontanges. Haut. 146 mill.

4515. **Amours** (Les) de Messaline, cy-devant reine de l'isle d'Albion. Où sont découverts les secrets de l'imposture du Prince de Galles, de la Ligue avec la France et d'autres intrigues de la cour d'Angleterre, depuis ces quatre dernières années par une personne de qualité, confidente de Messaline. Traduit de l'anglais (par Gregorio Loti). A Cologne, P. Marteau, 1689, pet. in-12, mar. rouge, dent. int. tr. dor. (Lortic). 45 fr.

Édit. originale de ce pamphlet contre Éléonore d'Este, reine d'Angleterre femme de Jacques II, réfugié à Saint Germain. L'auteur que l'on a supposé être (Gregorio Loti), se dit une personne de qualité, confidente de Messaline, et bien qu'il affirme que la fiction n'a aucune part dans son histoire il est impossible de le croire. La 3e et 4e partie de l'ouvrage sont consacrées au récit des galanteries de la reine avec le nonce et avec Louis XIV ; ce dernier, pris pour dupe, a un rendez-vous avec la nourrice du petit prince de Galles. etc.

4516. **Ampère** (J. J.). L'histoire Romaine à Rome. Paris, M. Lévy, 1862, 4 vol. in-8, demi-chag. vert, tr. jasp. 16 fr.

4517. **Anacréon**, recueil de compositions, dessinées par Girodet. Avec la traduction en prose des Odes de ce poète faite également par Girodet. Paris, Didot, 1863, in-4, cart., n. rog. 20 fr.

54 planches au trait.

4518. **Analectes du Bibliophile**, recueil contenant : 1e diverses pièces curieuses anciennes et modernes : 2o des analyses critiques et des extraits

4761. **Jousse** (Mathurin). L'Art de charpenterie corrigé et augmenté de ce qu'il y a de plus curieux dans cet art par M. de La Hire. Paris, Jombert, 1751, in-fol., pl., v. marb. 30 fr.

4762. **Jullien** (Adolphe). Histoire du costume au théâtre, depuis les origines du théâtre en France jusqu'à nos jours. Paris, Charpentier, 1880, gr. in-8, percal. verte. 8 fr.

27 gravures et dessins originaux dont quelques-uns coloriés.

4763. **Jullien** (Ad.). La Comédie et la Galanterie au XVIIIe siècle. Au Théâtre. Dans le Monde. En Prison. Frontispice à l'eau-forte en trois couleurs, gravé par L. Rouveyre, en-tête et culs-de-lampe, par de Malval. Paris, Rouveyre, 1879, in-8, br., couv. 9 fr.

L'un des 20 exemplaires sur papier teinté de Renage avec trois états de l'eau-forte avant la lettre, tirés en bistre, en sanguine et en trois couleurs.

4764. **Junquières**. Caquet-Bonbec. La Poule à ma tante, poème en sept chants. A Paris, chez Renard, 1802, in-12, v. rac. dent. 15 fr.

Ouvrage burlesque et anti-religieux. Exemplaire réglé.

4765. **Jurisprudentia** heroica sive de jure Belgarum circa nobilitatem et insigna (auctore J.-B. Christyn). Bruxelles, 1689, 2 vol. in-fol. veau fauve, ancien fil. 50 fr.

Ouvrage curieux et peu commun contenant un grand nombre de blasons et 15 planches généalogiques armoriées.

4766. **Kaleidoscope of vice**. The True anecdotes of my amours with our professional beauties, illustrious fuckstresses, fashionable friggers, perfect ladies, and tilled tribades. By A. Masher. London, 1884, in-12, cart. 30 fr.

This work is rendered from or rather based upon the well known French work « Les Tableaux vivants ».

4767. **Karr** (Alphonse). Dictionnaire du pêcheur. Traité complet de la pêche, en eau douce et en eau salée, histoire, mœurs, habitudes des poissons, crustacés, etc. Lois, usages, procédés, ruses et secrets des pêcheurs. Paris, Garnier, 1855, in-12, demi-mar. gren. tête jasp. n. rog. 5 fr.

4767 *bis*. **Kastner** (G.). Les Chants de l'armée française ou recueil de morceaux à plusieurs parties, composés pour l'usage de chaque arme et précédés d'un essai historique sus les chants militaires des Français. Paris. Brandus, 1855, in-4, br. 7 fr.

58 planches de musique.

4768. **Kastner** (G.). Les Voix de Paris, essai d'une histoire littéraire et musicale des Cris populaires de la Capitale depuis le moyen-âge jusqu'à nos jours, précédé de considérations sur l'origine et le caractère du cri en général et suivi de : Les Cris de Paris, grande symphonie humoristique sociale et instrumentale. Paris, G. Brandus, 1857, in-4, br. 7 fr.

171 pages de musique.

4769. **Kastner** (G.). Manuel général de musique militaire à l'usage des armées françaises comprenant : 1° L'esquisse d'une histoire de la musique militaire chez les différents peuples, depuis l'antiquité jusqu'à nos jours; 2° La nouvelle organisation instrumentale prescrite, par l'ordonnance ministérielle du 19 août 1845; 3° La description et la figure des instruments qui la composent, notamment des nouveaux instruments de M. Adolphe Sax; 4° Quelques instructions pour la composition et l'éxécution de la musique militaire. Dédié à Monsieur le Lieutenant général, comte de Rumigny, aide de camp du roi. Paris, Brandus, 1854, in-4, br. 6 fr.

Nombreuses planches de musique.

4770. **Kock** (Paul de). La Grande ville, nouveau tableau de Paris, comique, critique et philosophique. Paris, Marescq, 1844, 2 vol. gr. in-8, demi-chag. vert, tr. jasp. 10 fr.

Illustration de Gavarni. V. Adam, Daumier, d'Aubigny, etc.

4771. **Krafft**. Maisons de campagne, plans et décorations de parcs et jardins français, anglais et allemands. Paris, Morel, 1864, in-fol. demi-toile. 40 fr.

292 planches.

4772. **Labarte** (J.). Histoire des arts industriels au moyen âge et à l'époque de la Renaisssance, par Jules Labarte, deuxième édition. Paris, Vve A. Morel et Cie 1872-1875, 3 vol. gr. in-4, fig. demi-rel. dos et coins de mar. rouge, tête dor. éb. 200 fr.

Bel exemplaire. Ouvrage orné de planches en chromolithographie, en lithophotographie teintée sur chine, et en lithophotographie sur chine, et vignettes sur bois intercalées dans le texte.

4773. **Labbé** (C. P. Ph.). Tableaux généalogiques de la maison royale de France et le blazon royal des armoiries des rois, reines, dauphins, fils et filles de la maison royale de France. La Haye. A. Vlacq, 1654, pet. in-12, mar. brun., tr. dor. (Thibaron). 25 fr.

Bel exemplaire.

4774. **Labbe** (P. Phillippe). Histoire du Berry, abbrégée dans l'éloge panégyrique de la ville de Bourges, capitale dudit Païs. A Paris, chez Gaspard Metubas, 1647, in-12, vélin blanc, dos orné. 15 fr.

4775. **Labitte** (Alph.). Les Manuscrits et l'art de les orner. Paris, Mendel, 1892, 1 fort vol. in-8, jésus. br. 20 fr.

Ce bel ouvrage est divisé en trois livres : 1° aperçu général sur les manuscrits et leur ornementation à toutes les époques ; 2° Descriptions, fac-similé et spécimens de manuscrits depuis le VIII° siècle ; 3° Enluminure moderne. 300 reproductions de miniatures, encadrements, bordures initiales et écritures accompagnent le texte.

4776. **La Boëssière**. Traité de l'art des armes, à l'usage des professeurs et des amateurs. Paris, Didot, 1818, in-8, demi-mar. rouge, avec coins, tête dor. n. rog. 25 fr.

20 planches pliées, dessinées par Bodem et gravées par Adam. Bel exemplaire.

4777. **La Borde**. Essai sur la musique ancienne et moderne. Paris, Pierres, 1780, 4 vol. in-4, demi-veau, figures. 18 fr.

Le tome IV est fortement mouillé.

4778. **La Bruyère**. Les Caractères. Réimpression de l'édition de 1696, précédée d'une Introduction par L. Lacour. Paris, Jouaust, 1873, 2 vol. in-8, demi-mar. olive, avec coins, non rog., dos orné, port. (Pouillet.) 50 fr.

L'un des 100 exemplaires sur papier Whatman.

4779. **Lacroix** (Paul). Costumes historiques de la France. Avec un texte descriptif, précédé de l'Histoire de la vie privée des Français depuis les temps les plus reculés jusqu'à nos jours. Paris, s. d. (1852), 10 vol. gr. in-8, demi-percal., avec coins, non rog. Couv. 120 fr.

640 gravures coloriées. Exemplaire bien complet. Très rare.

4780. **Lafontaine**. Contes, avec illustrations de Fragonard. Réimpression de l'édition de Didot, 1795. Revue et augmentée d'une Notice par M. An. de Montaiglon. Paris, Lemonnyer, 1883, 2 vol. in-4, br. 85 fr.

On y a ajouté de nombreuses planches.

4781. **La Fontaine**. Les Fables, illustrées à l'eau-forte par Delierre. Paris, Quantin, 1882, 2 vol. in-4, br., neufs en livraisons. (Publié à 150 fr.) 75 fr.

Magnifique édition d'amateur, tirée à petit nombre et imprimée sur papier à la cuve fabriqué spécialement pour cet ouvrage, enrichie d'ornements d'après Bérain. Publiée en 13 fascicules, contenant chacun un livre illustré de 6 grandes compositions à l'eau-forte, imprimées hors texte, plus 3 planches pour la préface, soit en tout 75 grandes gravures d'une haute valeur artistique.

4782. **La Fontaine**. Fables choisies mises en vers. A Genève, 1972, 2 vol. in-8, veau, fil., tr. dor. 7 fr.

Frontispice de Marillier.

4783. **La Fontaine**. Fables choisies mises en vers. A Genève, 1777, 2 vol. in-18, veau. (Rel. fatiguée.) 5 fr.

Frontispice de Marillier.

4784. **La Force** (Mlle de). Histoire de Marguerite de Valois, reine de Navarre. Paris, imp. de Didot l'aîné, 1783, 6 vol. in-12, mar. rouge, fil., dos ornés, tr. dor. (Rel. anc.) 75 fr.

4785. **Langlès** (L.). Monumens anciens et modernes de l'Hindoustan, décrits sous le double rapport archéologique et pittoresque. Paris, Didot, 1821, 2 vol. in-fol., demi-mar. vert, non rog. 70 fr.

144 planches et 3 cartes. Bel exemplaire.

4786. **Langlois**. Dictionnaire théorique et pratique de chasse et de pêche. Paris, Musier, 1769, 2 vol. in-12, veau marb., tr. rouges. 7 fr.

4787. **La Quenolle** (*sic*) **spirituelle** (par Jehan de Lacu, mise en vers par S. Gringore). S. l. n. d., pet. in 8 de 23 ff., caract. goth., fig. sur bois, mar. rouge fil., tr. dor. (Rel. anc.) 150 fr.

Au commencement du f. Aij. se trouve un sommaire ainsi conçu : Sensuit une deuote contemplation ou meditacion de la croix de nostre Saueur et redempteur Jesu-Crist q chascune deuote femme pourra spéculer en fillât sa quenouille matérielle faicte et composée par maistre Jeha de Lacu, chanoine de Lisié.

La forme donnée par l'auteur à cet opuscule est un dialogue entre Jésus-Christ et une jeune fille.

A la fin de ce petit livre se lit un huitain intitulé : Incitacion de l'auteur où l'on trouve l'acrostiche du nom de Gringore.

4788. **La Roque** (de). Traité de la noblesse et de toutes ses différentes espèces. Nouvelle édition augmentée des traités du blason des armoiries de France, de l'origine des noms, surnoms et du ban et arrière-ban. Rouen, 1734, in-4, veau marb. 30 fr.

Édition la plus complète de cet ouvrage estimé.

4789. **Lasca.** Les Nouvelles d'Antoine-François Grazzini dit Le Lasca. Traduction de Lefèvre de Villebrune. A Berlin, 1776, in-12, veau. 8 fr.

4790. **Launay** (F. de). Traité du droit de chasse. A Paris, chez G. Quinet, 1681, pet. in-12, veau. 26 fr.

Très rare.

4791. **La Villemarqué** (Th. de). Chants populaires de la Bretagne, recueillis et publiés avec une traduction française, des Eclaircissements, des Notes et les mélodies originales. Paris, Delloye, 1839, 2 vol. in-8, demi-veau vert. 10 fr.

4792. **Lavorence** (G.-Alf.). Guy Livingstone, ou à Outrance, traduit par Ch.-Bernard Derosne. Paris, Plon, 1861, in-8, demi-percal., tr. jasp. 3 fr.

4793. **Lebeuf** (l'abbé). Histoire de la ville et de tout le diocèse de Paris. Nouvelle édition annotée et continuée jusqu'à nos jours, par H. Cocheris. Paris, Durand, 1863, 3 vol. in-8, demi-veau fauve, tr. jasp. 25 fr.

4794. **Le Blanc.** Traité historique des monnoyes de France. Depuis le commencement de la monarchie jusques à present. Paris, P. Ribou, 1703. — Dissertation historique sur quelques monnoyes de Charlemagne, de Louis le Débonnaire, de Lothaire et de leurs successeurs, frapées dans Rome. Paris, J.-B. Coignard, 1689. — Ensemble 1 vol. in-4, mar. rouge, fil., tr. dor., dos orné. (Rel. anc.) 60 fr.

Environ 100 planches.

4795. **Le Comte** (Noël). Mythologie, c'est-à-dire Explication des fables contenant les généalogies des dieux, les cérémonies de leurs sacrifices, leurs gestes, adventures, amours et presque tous les préceptes de la philosophie naturelle et morale, extraite du latin de Noël Le Comte par J. D. M. Rouen. Osmont, 1611, in-4, veau, titre gravé. 10 fr.

4796. **Lecoy de La Marche.** Saint Martin. Tours, Mame, 1881, gr. in-8, mar. rouge jans., dent. int., tr. dor. (David.) 90 fr.

Exemplaire sur papier vergé, tiré à petit nombre. Nombreuses planches hors texte, noires et coloriées et figures sur bois dans le texte.

4797. **Le Fèvre.** Chronique de Jean Le Fèvre, seigneur de Saint-Remy, transcrite d'un manuscrit appartenant à la Bibliothèque de Boulogne-sur-Mer et publiée pour la Société de l'Histoire de France par François Morand. Paris. Renouard, 1876, 2 vol. in-8, demi-percal., tête jasp., n. rog. 12 fr.

4798. **Leitch Ritche.** Walter Scott et les Ecossais, traduit de l'anglais. Paris, Desenne, 1835, in-8, mar., tr. dor., ornements sur les plats. 5 fr.

Nombreuses figures sur acier.

4799. **Lemercier** (Népomucène L.). Alminti, ou le Mariage sacrilège. Roman physiologique. Paris, H. Dupuy, 1834, 2 tomes en 1 vol., demi-maroq. citron, tête jasp., n. rog. 8 fr.

Édition originale. Un père qui n'a pas, comme Loth, l'excuse de l'ivresse, aime charnellement sa fille et en fait sa femme ; cependant, à la fin, sa conscience opère un retour en lui. Ce roman a des prétentions de moralité et de philosophie.

4800. **Lemercier de Neuville.** Nouveau théâtre des Pupazzi. Texte et dessins naïfs. Paris, 1882, in-12, demi-mar. vert, avec coins, tête dor., n. rog., dos orné, Couv. (Brétault.) 6 fr.

4801. **Lemercier de Neuville.** Physiologie du coiffeur. Paris, Poulet-Malassis, 1862, in-12, demi-vélin, tête éb., n. rog. Couv. 3 fr.

4802. **Le Monde dramatique**, revue des spectacles anciens et modernes, prospectus et spécimen, 2 tomes en 1 vol. gr. in-8, demi-rel., veau vert. 5 fr.

4803. **Le Nain de Tillemont.** Vie de saint Louis, roi de France, publiée pour la Société de l'Histoire de France, d'après le manuscrit inédit de la Bibliothèque royale et accompagnée de Notes et d'Eclaircissements par J. de Gaulle. Paris, Renouard, 1847, 6 vol. in-8, demi-veau fauve, tr. jasp. 25 fr.

4804. **Lenoir** (Albert). Architecture monastique. Paris, Imp. nationale, 1852, 2 vol. in-4, demi-chag., tête de nègre, tr. jasp. 30 fr.

Nombreuses figures dans le texte.

4805. **Le Pautre.** Choix de pièces d'ornement composées et gravées à l'eau-forte, par J. Le Pautre, in-4 obl., veau brun. 100 fr.

Ce recueil comprend : Trophées d'armes. — Vases. — Fontaines. — Alcôves. —

Grottes et vues de jardins. — Vues, grottes et fontaines de jardins. — Jardins, parterres et façades de maisons. — Ensemble 130 pièces à l'adresse de Mariette, Le Blond, Langlois.

4806. **Le Roi** (J.-A.). Histoire de Versailles, de ses rues, places et avenues depuis l'origine de cette ville jusqu'à nos jours. Versailles, 2 vol. in-8, demi-percal., tête jasp., non rog. Couv. 9 fr.

Frontispices gravés à l'eau-forte.

4807. **Le Roux de Lincy.** Histoire de l'Hôtel de ville de Paris, suivie d'un essai sur l'ancien gouvernement municipal de cette ville. Paris, Dumoulin, 1846, in-4, demi-mar. rouge, avec coins, tr. jasp. 14 fr.

Orné de 8 planches dessinées et gravées sur acier par V. Calliat.

4808. **Le Sage**, Histoire de Gil Blas de Santillane. Paris, Janet, 180?, 4 vol. in-8, cart., non rog. 15 fr.

1 portrait et 15 figures de Marillier.

4809. **Le Sage.** Histoire de Gil Blas de Santillane, précédée d'une Préface par H. Reynald. Paris, Librairie des bibliophiles, 1879, 4 vol. in-12, mar. rouge, fil., dos orn., dent. int., tr. dor., dans un étui. 90 fr.

13 eaux-fortes par Los de Rios. Bel exempl.

4810. **Le Sage.** Histoire de Gil Blas de Santillane. Réimpression de l'édition de 1747, précédée d'une Introduction par F. Sarcey. Paris, Jouaust, 1873, 2 vol. in-8, mar. rouge, fil., dent. int., tête dor., non rog. (Petit.) 60 fr.

L'un des 20 exempl. sur papier de Chine. Portrait de l'auteur, d'après Guelard et eaux-fortes de H. Pille.

4811. **Lescure** (de). Correspondance inédite sur Louis XVI, Marie-Antoinette, la Cour et la Ville de 1777 à 1792. Paris, Plon, 1866, 2 vol. in-8, demi-percal. orange, non rog. Couv. 10 fr.

4812. **Lesné**. La Reliure, poème didactique en six chants. Paris, 1827, gr. in-8, cart., non rog. 15 fr.

Exempl. en grand papier raisin vélin.

4813. **Lettres** bougrement patriotiques du véritable père Duchêne (par Lemaire), 1790-1791, 250 numéros en 4 vol. in-8, demi-mar. rouge, avec coins, dos orn., tr. peig. 100 fr.

A la suite de la première lettre « à tous les soldats de l'armée, » se trouve « l'Ami des soldats, » deux numéros. En tête de chaque lettre, après le 1er janvier 1791, on voit cette épithaphe « castigat bibendo mores.

4814. **Levayer de Boutigny.** Tarsis et Zélie, nouvelle édition. A Paris, chez Muzier, 1774, 3 tomes en 6 vol. in-8, veau marb. 70 fr.

3 frontispices, 3 fleurons et 20 vignettes dessinés par Cochin, Moreau, Eisen, gravés par Gaucher, de Longueil, Masquelier, Née, etc., en belles épreuves.

4815. **Liégeard** (Stephen). La Côte d'Azur. Paris, Quantin, s. d., in-4, percal., cart. artistique, tr. dor. 15 fr.

Illustrations dans le texte et hors texte.

4816. **Lienard.** Specimens de la décoration et de l'ornementation au XIXe siècle. Liège, s. d., in-fol., 125 planches en portef. 40 fr.

4817. **Liger.** La Nouvelle Maison rustique, ou Econome générale de tous les biens de campagne, la manière de les entretenir et de les multiplier, 4e édition, augmentée considérablement, et mise en meilleur ordre. Paris, Prudhomme, 1736, 2 vol. in-4, veau. 25 fr.

Nombreuses pl., exempl. un peu fatigué.

4818. **Liskenne** (Ch.). Histoire de Louis XI. Paris, Guyonnet, 1830, 2 vol. in-8, demi-chag. viol., tr. jasp. 5 fr.

4819. **Livre noir** (le) de Messieurs Delavau et Franchet, ou Répertoire alphabétique de la police politique sous le ministère déplorable, ouvrage imprimé d'après les registres de l'administration, précédé d'une Introduction par M. Année. Paris, Moutardier, 1829, 4 vol. in-8, demi-percal., non rog. 20 fr.

Bel exempl.

4820. **Livre** (le). du chevalier de La Tour Landry, pour l'enseignement de ses filles, publié d'après les manuscrits de Paris et de Londres, par M. An. de Montaiglon. Paris, Jannet, 1854, in-12, mar. rouge, fil., dent. int., tr. dor., dos orn. (Hardy.) 25 fr.

Faisant partie de la Bibliothèque elzévirienne. Exempl. sur chine très rare.

4821. **Livre** d'amour ou Folastreries du vieux neuf. Paris, L. Janet, s. d., pet. in-12, cart. de l'époque, tr. dor. dans un étui. 30 fr.

Figures coloriées, très rare.

4822. **Loménie** (Louis de). Les Mirabeau. Nouvelles études sur la Société française au XVIIIe siècle. Nouvelle édition. Paris, Dentu, 1889, 5 vol. in-8, demi-percal., tête jasp., non rog. Couv. 25 fr.

4823. **Longus.** Les Amours pastorales de Daphnis et Chloé, s. l., 1745, petit in-4, veau marb., fil., tr. dor. (Rel. anc.) 50 fr.

I frontispice de Coypel et 29 figures de Ph. d'Orléans, gravées par Audran et 4 culs-de-lampe de Cochin. Bel exempl. contenant la figure des Petits Pieds.

4824. **Loti** (Pierre). Madame Chrysanthème. Paris, C. Lévy, 1888, in-8, demi-mar. lavall., avec coins, tête dor., non rog. Couv. 12 fr.

Dessins et aquarelles de Rossi et Myrbach, gravure de Guillaume frères.

4825. **Luc Asserino.** Almerinde (traduit de l'Italien par d'Andignier), neveu, aidé de Malleville. Paris, A. Courbé, 1846, in-8, mar. rouge, fil., dent int., tr. dor., dos orn. 15 fr.

4826. **Luthmer** (Ferdinand). Joaillerie de la Renaissance, d'après des originaux et des tableaux du XVIIe siècle. Paris, Quantin, petit in-fol., dans un carton.

Au lieu de **100** fr. 50 fr.

Album contenant un texte illustré de gravures et 30 planches hors texte en taille-douce et en chromolithographie, reproduisant plus de 150 sujets.

4827. **Mahalin** (Paul). Les Jolies actrices de Paris. Paris, Tresse, 1878, in-12, demi-mar. gren., avec coins, tête dor., non rog. Couv. 6 fr.

4828. **Maistre** (Xavier de). Les Soirées de Saint-Pétersbourg, ou Entretiens sur le gourvernement temporel de la providence, suivis d'un traité sur les sacrifices. Paris, 1821, 2 vol. in-8, veau, port. 12 fr.

4829. **Manivet** (Paul). Des Sonnets, Lettre, Préface de Joséphin Soulary. Paris, Lemerre, 1888, in-4, br. 3 fr.

4830. **Marana.** L'Espion dans les cours des princes chrétiens. Lettres et Mémoires d'un envoyé secret de la Porte, dans les cours de l'Europe, où l'on voit les descouvertes qu'il a faites dans toutes les cours où il s'est trouvé avec une dissertation curieude de leurs forces politique et religion Cologne, 1700, 6 vol. in-12, veau. 10 fr.

12e édition augmentée dans le corps de l'ouvrage et enrichie de figures en taille-douce.

4831. **Martin** (N.). Poésies. Paris, Renouard, 1847, in-12, br. 3 fr.

4832. **Marx** (Roger). Les Artistes célèbres, Henri Regnault. Paris Librairie de l'Art, gr. in-8, br. 7 fr.

Exempl. sur papier du Japon, orné de 40 gravures.

4833. **Maucroix.** Œuvres diverses, publiées par Louis Paris, sur le manuscrit de la bibliothèque de Reims. Paris, 1854, 2 vol. in-12, br. 4 fr.

4834. **Maupassant** (Guy de). La Maison Tellier, nouvelle édition augmentée. Paris, Ollendorff, 1891, in-8, demi-mar. rouge, avec coins, tête dor., non rog. Couv. (Bretault.) 400 fr.

Exempl. sur papier de Hollande, ce volume est orné de 120 aquarelles originales par G. Marquet.

4835. **Mémoires** (Nouveaux) des Missions de la Compagnie de Jésus, dans le Levant. Nouvelle édition. Paris, 1753-1755, 9 vol. in-12, veau écaille, tr. marb. 20 fr.

Planches et cartes.

4836. **Mémoires** de Monsieur de Montrésor, diverses pièces durant le ministère du cardinal de Richelieu, relation de Monsieur de Fontrailles, affaires de Messieurs le comte de Soissons, ducs de Guise et de Bouillon. Cologne (à la Sphère), Jean Sambix, 1664, in-12, veau (Fatigué.) 3 fr.

Petit ouvrage que l'on joint à la collection des Elzeviers.

4837. **Merveilles de Versailles.** Album contenant 114 gravures au trait. In-4 dans un carton. 5 fr.

4838. **Metternich** (R. de). Mémoires, documents et écrits divers laissés par le prince Metternich. Paris, Plon, 1881, 4 vol. in-8, br., port. 15 fr.

4839. **Mirabeau.** Lettres originales, écrites du donjon de Vincennes pendant les années 1777, 78, 79 et 80. Contenant tous les détails sur sa vie privée, ses malheurs et ses amours avec Sophie Ruffei, marquise de Monnier, recueillies par P. Manuel. Paris, Garnery, 1792, 4 vol. in-12, demi-veau, dos ornés. 8 fr.

4840. **Molière.** Œuvres complètes. Paris, David, 1739, 8 vol. in-12, veau. 15 fr.

Édition ornée de figures.

4841. **Molière.** Œuvres complètes.

Nouvelle édition. Paris, Hébert, 1882, 7 vol. gr. in-8, br. 30 fr.

19 figures sur papier de Chine.

4842. **Monacologie**, illustrée de figures sur bois. Paris, Paulin, 1844, in-12, br. Couv., figures. 2 fr.

Édition originale.

4843. **Montulé** (Ed. de). Voyage en Amérique, en Italie, en Sicile et en Egypte pendant les années 1816, 1817, 1818 et 1819. Paris, 1821, 2 vol. in-8 et atlas in-4 oblong, veau. 25 fr.

L'atlas contient 50 planches.

4844. **Morale** (la) des sens, ou l'Homme du siècle, extrait des Mémoires de M. le chevalier de Barville, rédigès par M. M... D.-M. Nouvelle édition augmentée d'une Notice bibliographique par M. S. L*** (bibliophile Jacob). Bruxelles, Gay et Douce, 1882, pet. in-8, br. 6 fr.

Front. sur chine, par Chauvet. Tableau des mœurs faciles des femmes du XVIIIe siècle, divisé en 50 chapitres, quelques détails un peu libres. — Ce livre, aussi singulier par la manière dont il est écrit que par les galanteries qu'il contient, rappelle exactement le faire de l'auteur de ma conversion, le libertin de qualité.

4845. **Moser** (Henri). A travers l'Asie centrale : la Steppe Kirghise. — Le Turkestan russe.— Boukara. — Khiva. — Le pays des Turcomans et de la Perse. Impressions de voyage. Paris, Plon-Nourrit, in-4, br., n. c. 10 fr.

170 gravures dont 117 dessins de Van Muyden et 16 héliotypes, avec une carte itinéraire du voyage.

4846. **Moura** (J.). Le Royaume du Cambodge. Paris, E. Leroux, 1883, 2 vol. gr. in-8, br., figures. 15 fr.

4847. **Moyriac de Mailla.** Histoire générale de la Chine, ou Annales de cet empire, traduites du Tong-Kien-Kang-Mou, publiées par l'abbé Grosier et dirigées par M. Le Roux des Hautesrayes. Paris, 1777-1784, 13 vol. in 4, veau fauve. 70 fr.

Figures et cartes. Bel exemplaire.

4848. **Murger** (Henry). Les Nuits d'hiver, poésies complètes, suivies d'études sur Henry Murger. Paris, M. Lévy, 1861, in-12, br. Couv., n. rog. 8 fr.

Édition originale.

4849. **Muse** (la) **chrestienne**, ou Recueil des poésies chrestiennes tirées des principaux poètes français. Avec un Discours de l'influence des astres, du destin ou fatalité, de l'interprétation des fables et pluralité des dieux introduits par les poètes, contenu en l'avant-propos de l'auteur de ce recueil. A Paris, chez Gervais Malot, rue Sainct-Jacques, à l'enseigne de l'Aigle d'or, 1582, in-12, mar. rouge jans., dent. int., tr. dor. (Thibaron-Joly.) 70 fr.

L'éditeur dit qu'il a tiré ces poésies des six premiers et plus excellents poètes que la France ait encore portés, qui sont Ronsard, du Bellay, Jodelle, Baïf, Remy Belleau et Desportes.

Bel exemplaire.

4850. **Musée de Tzarskoé-Selo**, ou Collection d'armes de Sa Majesté l'Empereur de toutes les Russies. Ouvrage composé de 180 planches lithographiées par Asselineau, avec une Introduction historique par F. Gille. Saint-Pétersbourg et Carlsruhe, 1835-1853, 2 vol gr. in-fol., demi-rel. mar. rouge, n. rog. 350 fr.

Bel exemplaire. Quelques taches de rousseur dans le papier comme tous les exemplaires.

4851. **Musset** (Alfred). Œuvres complètes, suivies de la Biographie d'Alfred de Musset par P. de Musset. Nouvelle édition. Paris, Charpentier, 1877-79, 11 vol. in-8, br. 50 fr.

Édition ornée de 28 gravures d'après les dessins de Bida.

4852. **Nadaud** (Gust.). Contes, récits et scènes en vers. Paris, Jouaust, 1877, in-12, demi-mar. rouge, avec coins, tête dor., n. rog., dos orné, papier de Hollande. 10 fr.

6 eaux-fortes. Rare.

4853. **Nadaud** (Gustave). Chansons choisies, illustrées par ses amis. Paris, ateliers de reproductions artistiques, 1882. 2 vol. in-fol., figures, demi-mar. gren., n. rog. 70 fr.

Très bel exemplaire avec couvertures.

4854. **Néraïr et Melhoé**, conte ou histoire, ouvrage orné de digressions. Imprimé à ***, se vend à ***, l'an de l'âge de l'auteur 60, 2 vol. in-12, veau, fil., tr. rouge. 7 fr.

Cet ouvrage est de Henri Barth. de Blanes, officier de cavalerie, né en Auvergne en 1707 et mort en 1754.

4855. **Nicolas** (Auguste). Études philosophiques sur le christianisme, 3e édition. Paris, A. Vaton, 1848, 4 vol. in-12, br. 8 fr.

4856. **Niel**. Portraits des personnages français les plus illustres du XVIe siècle, reproduits en fac-simile, sur les originaux dessinés aux crayons de couleur par divers artistes contemporains, recueil publié avec notices. Paris, 1848-1856, 2 tomes en 1 vol. in-fol., pap. de Hollande, titres rouges et noirs, demi-rel., dos et coins de mar. bleu, tr. sup. dorée, non rog. 200 fr.

51 portraits en couleurs. Bel exempl.

4857. **Nodier** (Ch.). Histoire du roi de Bohême et de ses sept châteaux. Paris, Delangle, 1830, in-8, mar. chagr. rouge, dent. int., fil. à froid, tr. dor. 25 fr.

Portrait et vignettes dans le texte.

4858. **Nodier** (Ch.). Description raisonnée d'une jolie collection de livres. Paris, Techener, 1844, in-8, percal., tête jasp., n. rog. 15 fr.

Avec la table des prix.

4859. **Nogaret.** Le Fond du sac, ou Restant des babioles de M. X***, membre éveillé de l'Académie des dormans. A Venise (Paris, Cazin), chez Pantalon-Phébus, 1780, 2 tomes en 1 vol. pet. in-12, mar. grenat, fil., dent. int., tr. dor., dos orné. (Lansselin.) 35 fr.

1 frontispice et 9 très jolies vignettes par Duplessis-Bertaux.

4860. **Normand** (fils). Paris moderne, ou Choix de maisons construites dans les nouveaux quartiers de la capitale et dans ses environs, levées, dessinées, gravées et publiées par Normand fils. Paris, Bance, 1837, in-8, br. 10 fr.

189 planches.

4861. **Normandie** (la) **illustrée,** monuments, sites et costumes de la Seine-Inférieure, de l'Eure, du Calvados, de l'Orne et de la Manche. Paris, Charpentier, 1854, 2 vol. in-fol., demi-chag. lavall., n. rog. 100 fr.

Nombreuses lithographies par les premiers artistes de Paris. Les costumes sont dessinés et lithographiés par M. Lalaisse.

4862. **Normant** (le) sourt, aveugle et muet, ensemble un dialogue entre Jean qui sçait tout et Thibaut le natier. Paris, Saugrain, 1617, jouxte la copie imprimée à Rouen, pet. in-8 de 16 pp., mar. rouge, dos orné, fil., tr. dor. (Trautz-Bauzonnet.) 60 fr.

Pièce fort rare en vers. Exemplaire provenant du cabinet de M. le comte d'Auffay.

4863. **Nouveau Testament** (le) en latin et en français, traduit par Sacy. Paris, Didot, 1793, 4 vol. in-8, mar. rouge, fil., tr. dor., dos orné. 200 fr.

Très jolie édition ornée des figures de Moreau le jeune, magnifique exemplaire.

4864. **Nouveaux Contes** à rire et Aventures plaisantes de ce temps, ou Récréations françoises. 3e édition enrichie de figures en taille-douce. A Cologne, chez Roger Bontemps (Holl.), 1702-1722, 2 vol. pet. in-8, front. et fig., mar. citron, fil., tr. dor. (Rel. ancienne.) 150 fr.

Bel exemplaire. Cet ouvrage peut s'ajouter à la collection des conteurs illustrés par Romain de Hooge.

4865. **Old Nick.** La Chine ouverte. Aventures d'un Fan-Kouei dans le pays de Tsin. Paris, Fournier, 1845 in-8, percal., tr. dor. 6 fr.

Illustrations d'Aug. Borget

4866. **Ollenix du Mont-Sacré** (gentilhomme du Mayne). Œuvres de la chasteté, qui se remarque par les diverses fortunes, adventures et fidelles amours de Criniton et Lydie. Livre premier. Ensemble la tragédie de Cléopâtre. A Paris, par Guill. des Rues, 1595, in-12, mar. lavall., fil., tr. dor. 50 fr.

Bel exemplaire.

4867. **Oppert** (J.). Expédition scientifique en Mésopotamie exécutée par ordre du gouvernement de 1851 à 1854, par MM. Fulgence Fresnel, Félix Thomas et Jules Oppert. Paris, imprimerie Impériale, 1859-1863. 2 tom. en 1 vol. in-4 et Atlas in-fol. de pl., demi-rel. mar. La Val., tête dor., non rog., pl. mont. sur onglets (David). 75 fr.

21 planches montées sur onglets. Bel exemplaire.

4868. **Ori Apollinis** Niliaci de sacris Ægyptiorum notis Ægyptiace expressis Libri duo iconibus illustrati et aucti, nunc primum in latinum ac gallicum sermonem conversi. Parisiis, apud Galeatum a Prato, 1574, pet. in-8, v. brun. 40 fr.

Frontispice et 193 jolies figures gravées sur bois.

4869. **Oriental.** Lascivious Tales. Translated from the Mogut, Arabic, Japanese, Indian Chinese, Persian, Malay, etc. London, 1891, in-8, br. 25 fr.

4870. **Ovide.** Les Metamorphoses d'Ovide, mises en vers François par T. Corneille, de l'Académie française. Suivant la copie de Paris. A Liège, chez François Broncart, 1698, 3 vol., in-12, fig., mar. rouge, jans., dent. int., tr. dor. (Chambolle Duru) 120 fr.

Nombreuses figures à mi-page.

4871. **Ovven Jones.** Grammaire de l'ornement illustrée d'exemples pris de divers styles d'ornement. Londres, 1865, pet. in-fol., cart. 75 fr.

112 planches coloriées.

4872. **Pailleron** (Ed.). La souris, comédie en trois actes. Paris. Lévy, 1888, gr. in-8, demi-percal., n. rog. Couv. 8 fr.

Iere édition.

4873. **Palma Cayet.** Chronologie septenaire de l'histoire de la paix entre les roys de France et d'Espagne. Paris, Jean Richer, 1595, in-8, veau, tr. rouge. 7 fr.

4874. **Paradin** (Claude). Devises héroïques, par M. Claude Paradin, chanoine de Beaujeu. A Lion, par Jan de Tournes et Guil. Gazeau, 1557, in-8, titre avec encadrement, nombreuses fig. sur bois, mar brun. milieux dorés, dent. int. tr. dor. (Thibaron-Joly.) 100 fr.

Première édition, ornée de 180 jolies vignettes gravées sur bois.

4875. **Paraphrase** de l'Astrolabe, contenant les principes de géométrie. La sphère. L'astrolable, ou, déclaracion des choses celestes. Le Miroir du Monde, ou, exposicion des parties de la terre. Revue et corrigée par Jaques Bassentin Escossois, avec une amplificacion de l'usage de l'astrolabe par luimesme aioutée. A Lyon, par Jan de Tournes, 1555, in-8, mar. vert jans. dent. int. tr. dor. (Duru.) 80 fr.

figures sur bois.

4876. **Parnes** (Roger de). Le Directoire. — La Régence. — Anecdotes secrètes du règne de Louis XV. — Gazette anecdotique du règne de Louis XVI. Paris. Rouveyre, 1880-82. Ensemble 4 vol., in-8, demi-percal., n. rog. Couv. 35 fr.

Figures gravées à l'eau-forte.

4877. **Petit Conteur** (Le) amusant et chantant, étrennes d'un nouveau genre. Paris. Janet, 1803, in-18, mar. vert. dent., tr. dor. 70 fr.

Titre frontispice et 12 charmantes figures.

4878. **Petrarca.** Le rime del Pétrarca. Londra, G. Pickering, 1822, in-32, mar.. vert fil., tr., dor., port. 5 fr.

4879. **Philipon** (Ch.). Les Ouvrières de Paris. Recueil complet de 25 planches lithographiées et coloriées. Album, in-4, demi-percal. 70 fr.

4880. **Physiologie** de la poire, par Louis Benoit (Peytel) jardinier. Paris, 1832, in-8, cart. perc [illegible]ierson). 18 fr.

Pamphlet contre le roi Louis-Philippe. L'auteur, qui était notaire, fut condamné à mort pour assassinat. Bel exemplaire, n. rog.

4881. **Pidansat de Mairobert.** Anecdotes sur Madame la comtesse Du Barri S. L.. 1775, in-12, veau, dos orn. 3 fr.

4882. **Pigault-le-Brun.** Les barons de Felsheim, histoire Allemande qui n'est pas tirée de l'Allemand. Paris, Barba an VI, 4 tomes en 2 vol., in-12, veau, rac. 10 fr.

4 frontispices. Roman plein d'humour, de verve et de de gaité, mais comme le fait observer Bouillet, à force de vouloir être comique, l'auteur tombe dans le trivial et trop souvent aussi, il offense la religion et blesse la décence.

4883. **Pigault-le-Brun.** Le citateur. A Hambourg, (Paris), 1803, 2 vol., in-12, demi-bas. 3 fr.

Caches.

4884. **Piis** (A.-S.-A.). Les Augustins. Contes nouveaux en vers et poésies fugitives par M. A. Rome (Paris). 1779. 2 part. en 1 vol. pet., in-12, mar. orange fil., dent. int., dos orné (Hardy-Mennil). 60 fr.

2 charmants frontispices gravés, non signés. Charmant petit volume complètement non rogné, contenant 73 contes en vers et quelques poésies fugitives, couplets épigrammes, etc.

4885. **Plaisirs** (Les) multipliés, ou anecdotes récréatives. — Paris, Bouquet-Quillau, in-18, demi-percal., figure. 3 fr.

4886. **Prarond** (Ernest). Airs de flute sur des motifs gravés. Paris, 1866, pet. in-8, broché. 5 fr.

4887. **Prevost** (l'abbé). Histoire du chevalier des Grieux et de Manon Lescaut. Amsterdam, aux dépens de la compagnie, 1756, 2 vol., in-12, veau. 5 fr.

Jolie petite édition.

4888. **Quatrebarbes** (le Cte de) Œuvres choisies du roi René, avec une biographie et des notices. Paris, Picard, 1839, 2 tomes en 1 vol., in-4, demi-mar. lavall., avec coins, tête, jasp., n. rog., planches. 15 fr.

Les tomes 1 et 2 seulement.

4889. **Quatremère de Quincy.** Canova et ses ouvrages ou mémoires historiques sur la vie et les travaux de ce célèbre artiste. Paris, Ad. Le Clère, 1834, gr. in-8, demi-mar. viol., avec coins, tête dor., n. rog., dos orné, papier vélin portrait sur chine collé. 8 fr.

4890. **Quatrième Centenaire** de la bataille de Morat le 22 juin 1876. Album du Cortège historique dessiné et peint d'après les costumes originaux par C. Jauslin et G. Roux. Chromolithographie des ateliers C. Knüsli à Zurich. Berne, s. d. in-4 obl. 40 planches montées sur onglets, demi-rel. mar. r. tête dor. (V. Champs.) 70 fr.

4891. **Question** royale et sa décision, où est montré en quelle extrémité principalement en temps de paix, le subiet pourroit estre obligé de conserver la vie du Prince, aux despens de la sienne (par J. du Verger de Hauranne, abbé de Saint-Cyran). Paris, Toussainct du Bray, 1609, in-12 de 57 ff. titre compris mar. olive, dos orné fil. tr. dor. (rel. anc.). 25 fr.

4892. **Quevedo-Villegas.** Histoire de Don Pablo de Ségovie, surnommé l'aventurier Buscon, traduit de l'espagnol, et annotée par A. Germond de Lavigne. Paris, Warée, 1843, in-8, demi-veau vert. tr. jasp. 7 fr.

Vignettes de Henri Emy, gravées par A. Baulant.

4893. **Quinault.** Le Théâtre. Nouvelle édition augmentée. Amsterdam, Pierre de Coup, 1715, 3 vol,, pet. in-12 mar. bleu fil., dos ornés, dent. int. tr. dor (Petit). 50 fr.

Contient : La mort de Cyrus. — Le mariage de Cambise. — Le feint Alcibiade. — Les coups de l'amour et de la fortune. — Amalasonte. — Stratonice. — La comédie sans comédie. — Le Fantosme amoureux. — La généreuse ingratitude. — L'amant indiscret, ou le maistre étourdi. — Les Rivales. — Agrippa, roy d'Albe. Bellerophon. — La mère coquette. — Astrate, roy de Tyr. — Pausanias. — Alceste ou le Triomphe d'Alcide. — Les festes de l'amour et de Bacchus. — Acis et Galatée. — Armide (sans frontispice). — Atys. — Cadmus et Hermione. — Thesée. — Psyché. Frontispice à chaque pièce.

4894. **Raban.** La Vie d'un soldat. Paris, 1833, 4 vol., in-12, cart. bradel, n. rog. 10 fr.

4895. **Rabaut.** Précis historique de la Révolution française, par Rabaut de Saint-Etienne et Lacretelle. Paris, 1792-1804, 4 vol. in-18, fig. de Moreau et Duplessis-Bertaux, mar. r. dos orné, fil. tr. dor. (Rel. anc.) 30 fr.

Assemblée législative, 1 vol. — Convention Nationale, 2 vol. — Assemblée Constituante, 1 vol. A la suite du premier volume se trouve relié : La Constitution française ; Déclaration des droits de l'homme et du citoyen.

4896. **Rabelais.** Les Œuvres de M. François Rabelais. S. l. (Amsterdam, à la Sphère), 1663. 2 vol. in-12, v. br. tr. dor. (Simier.) 100 fr.

Première édition elzevirenne. Bel exemplaire. Hauteur : 132 et 131 mill.

4897. **Rabelais.** Œuvres, publiées sous le titre de faits et dits du géant Gargantua et de son fils Pantagruel. S. L. 1732, 6 vol. pet. in-8, veau marb. tr. rouges, figures. 50 fr.

Exemplaire en grand papier.

4898. **Rabelais.** Œuvres. Genève, (Paris, Cazin) 1782, 4 vol. in-18, veau fauve fil. tr. dor. 15 fr.

Portrait frontispice.

4899. **Rabelais.** Œuvres publiées sous le titre de faits et dits de géant Gargantua et de son fils Pantagruel. Amsterdam H, Bordesius 1711, 5 vol. in-12, veau. 15 fr.

Portrait-frontispice et carte.

4900. **Racine.** Œuvres complètes, avec les notes de tous les commentaires, 2e édition, publiée par L.-Aimé-Martin. Paris, Lefèvre, 1822, 6 vol. in-8, cart. n. rog. 30 fr.

Figures de Proudhon, Moitte, Girodet, etc.

4901. **Ramée** (Daniel). L'Architecture et la Construction pratiques, mises à portée des gens du monde, des élèves et de tous ceux qui veulent faire bâtir. Paris, Didot, 1868, in-8, dem. mar. lavall. n. rog. 4 fr.

Figures dans le texte.

4902. **Reboul.** La Cabale des Reformez, tirée nouvellement du Puits de Democrite, par I, D. C.— Apologie de Reboul sur la cabale des Reformez. Montpellier, chez le Libertin, imprimeur juré de la saincte. Réformation, 1600, avec privilège de ladite dame pet. in-8, vélin. 15 fr.

Nom enlevé sur le titre,

4903. **Recherche** et découverte du cruel et barbare assassinat du dernier comte d'Essex, où l'on fait voir par des raisons et des faits invincibles, qu'il ne s'est point tué soy-mesme. S.

L. 1684, pet. in-8, mar. rouge, fil. tr. dor. (rel. anc.). 12 fr.

Ouvrage rare.

4904. **Recherches** sur les costumes et sur les théâtres de toutes les nations tant anciennes que modernes. Paris, Drouhin, 1790, 2 vol. in-4, cart. n. rog. 120 fr.

1 portrait, par Violet, gravé par Allix en couleur, et fait après son assassinat en 1792, manque souvent, de toute beauté, 1 frontispice en couleur et 53 figures coloriées par Chéry, gravées par Alix, Redé et Sergent.

4905. **Reclus** (Elisée). La Terre, description des phénomènes de la vie du globe. Paris, Hachette, 1883. 2 vol. gr. in-8, dem. mar. gren. tête jasp. n. rog. couv. 25 fr.

470 cartes ou figures intercalées dans le texte et 51 cartes tirées en couleur.

4906. **Recueil** de chansons nouvelles par différens autheurs, où l'on trouve grand nombre de licences poétiques, sans préface, épitre dedicatoire, ni errata. avec approbation. S. L. 1758, 2 part. en 1 vol. pet. in-8, mar. citron dos orné, fil. dent, int. tr. dor. (Capé). 30 fr.

Bel exemplaire avec témoins.

4907. **Recueil** de nouvelles poésies galantes, critiques latines et françaises. Londres. Cette présente année (vers 1740) 2 vol. in-12 vélin. 6 fr.

4908. **Recueil** de nouvelles poésies galantes, critiques, latinés et françoises. Londres s. d. (vers 1740). 2 part. en 1 vol. in-12, cart. 5 fr.

Il n'y a qu'un petit nombre de pièces latines. On y distingue deux pièces libres, en patois bourguignon :

Lou Menon d'or et lon véritable Vey de gôdo.

4909. **Recueil** de nouvelles poésies galantes, critiques. latines et françoises, A Londres. Cette présente année (vers 1740) 2 vol. in-12, veau. 20 fr.

4910. **Régnier.** Les Satyres et autres œuvres. Avec des remarques. Londres, Lyon et Woodman, 1729, in-4, veau, marb. fil. tr. rouge. 18 fr.

Frontispice et vignettes. Edition estimée.

4911. **Régnier.** Œuvres. Edition Louis Lacour. Paris, Jouaust, 1867, in-8, br. papier vergé. 10 fr.

4912. **Régnier**, sociétaire de la Comédie-Française (1831-1872), par Georges d'Heilly. Paris, Librairie générale, 1872, in-12. portr. mar. r. fil. dos orné, dent. int. tr. dor. (Chambolle-Duru). 25 fr.

Papier de Chine, tiré à 20 exemplaires, portrait à l'eau-forte par Martial. Bel exemplaire.

4913. **Relation** de la captivité de la famille royale à la Tour du Temple, par la duchesse d'Angoulême. Paris, Poulet-Malassis, 1862, pet. in-12, br. couv. 7 fr.

Rare.

4914. **Restif-de-la-Bretonne.** Les veillées du marais ou histoire du grand prince Oribeau, roi de Mommoine au pays d'Evinland et de la vertueuse princesse Oribelle de Lagenie, tirée des anciennes annales irlandaises etc. Imprimé à Waterford, 1785, 4 parties en 2 vol. in-12, demi-bas. 10 fr.

4915 **Restif de La Bretonne.** Lettres d'une fille à son père, ou Adèle de Comm*** (Comminge). En France 1772, 5 vol. in-12, veau marb. 15 fr.

La 5e partie est fort rare.

4916. **Restif de La Bretonne.** La malédiction paternelle. Lettres sincères et véritables de N... à ses parents, ses amis et ses maîtresses, avec les réponses, recueillies et publiées par T. Joly. Paris, chez la vve Duchesne, 1780, 3 vol. in-12, veau tr. marb. 30 fr.

3 figures par Binet, gravées par Berthet.

4917. **Restif de La Bretonne.** Les veillées du Marais : ou histoire du grand prince Oribeau, roi de Mommoine au pays d'Evinland ; et de la vertueuse princesse Oribelle, de Lagenie. Imprimé à Waterford, 1735, 4 parties en 2 vol. in-12, br. n. rog. 15 fr.

4918. **Restif de La Bretonne.** La famille vertueuse, lettres traduites de l'anglais par M. de la Bretonne. Paris, chez la vve Duchesne, 1767, 4 parties en 2 vol, pet. in-8, veau, dos orn. tr. rouge. 15 fr.

4919. **Restif de La Bretonne.** L'école des Pères. En France et à Paris, chez la vve Duchesne, 1776. 2 vol. in-12, demi-veau. 12 fr.

4920. **Restif de La Bretonne.** Le Palais-Royal, Bruxelles, 1888. 3 vol. pet. in-8, dem. percal. n. rog. 20 fr.

3 Frontispices.

4921. **Retz.** Mémoires du cardinal de Retz, adressés à Mme de Caumartin. Paris. Charpentier. 1859, 4 vol. in-12, dem. veau fauve tr. jasp. couv. 8 fr.

4922. **Réveil.** Museo universal de peintura y de escultura, y galeria europea de las artes y de la historia, Barcelona 1840, 16 vol. in-12, dem. rel. 70 fr.

Nombreuses figures au trait. Texte espagnol.

4923. **Revue spirite.** Journal d'études psychologiques, fondé par Allan-Cardec de Janvier 1877 à Décembre 1887, in-8 en livraisons. 25 fr.

De 1882 manque : Août.
De 1886 — Janvier.
On a ajouté 1862 et 1863, reliées en 2 vol. dem. chag. vert tête ébarbée n. rog.

4924. **Reybaud** (Louis). Jérôme Paturot à la recherche de la meilleure des républiques. Paris, M. Lévy, 1849, 4 vol. in-12, dem. chag. 5 fr.

4925. **Riche-en-Gueule,** ou le nouveau Vadé coutenant les aventures plaisantes et divertissantes du Carnaval, précédé de la vie, des amours et de la mort de Mardi-Gras, patentes comiques : déclarations burlesques d'amour ; chansons grivoises pour s'amuser en société, Paris, 1821, pet. in-8. dem. percal. rouge, n. rog. 7 fr.

Figure coloriée très curieuse.

4926. **Richepin** (Jean). La Chanson des Gueux. ,Paris, Dreyfous, 1885, in-4, dem. mar. rouge avec coins, tête dor. n. rog. couv. dos orné, (Pouillet. 25 fr.

Portrait gravé à l'eau-forte par Lefort. Bel exemplaire.

4927. **Richer.** Causes célèbres et intéressantes, avec les jugemens qui les ont décidées. Amsterdam, Rhey, 1772, 22 vol. in-12, demi-veau, avec coins. 12 fr.

Le tome IX manque.

4928. **Ris** (Clem. de). Les Amateurs d'autrefois. Paris, Plon, 1877, gr. in-8, vélin blanc, tête dor., non rog. 25 fr.

Exempl. sur gr. papier vergé, avec 8 portraits gravés à l'eau-forte.

4929. **Roberts** (David). Egypt et Nubia, from drawings made ou the spot by David Roberts R. A. with historica descriptions by William Brockedon F. R. S. lythographed by Louis Haghe. London, Moon, 1846-1849, 2 vol. gr. in-fol., demi-mar. bleu, avec coins, plats toile, tr. dor. (Rel. anglaise ) 130 fr.

Très belles lithographies hors texte et dans le texte.

4930. **Rohault de Fleury** (Ch.). Muséum d'histoire naturelle. serres chaudes, galerie de minéralogie, etc., etc. Paris, 1844. in-fol., cart. 5 fr.

15 planches avec texte explicatif. Envoi d'auteur.

4931. **Ronce** (de la). Le Renaud amoureux, histoire précédente de Roland l'amoureux et furieux. A Paris, chez Toussaint du Bray, 1620, in-12, vél. (695 pages.) 6 fr.

4932. **Roti-Cochon** ou Méthode très facile pour bien appendre les enfants à lire en latin et en français, par des inscriptions moralement expliquées de plusieurs représentations figurées, de différentes choses de leurs connaissances. Un volume pet. in-8, de XXXI et 72 pages imprimé sur papler de Hollande, broché. 10 fr.

Réimpression figurée, tirée à 330 exempl. d'un volume imprimé à Dijon, vers 1690, par Claude Michard, exécutée aux frais et par les soins de la Société des bibliophiles françois, précédée d'une Introduction par M. Georges Vicaire.
Roti-Cochon est un curieux volume de scolastique, dans lequel un pédagogue amoureux de la bonne chère (Antoine Michard, suivant M. Vicaire), s'est efforcé de frapper la mémoire des enfants par les images naïves, accompagnées d'un texte très court, de proverbes en latin et en français, de recettes culinaires et de sentences capables, d'être comprises par de jeunes écoliers.

4933. **Saint-Allais.** Nobiliaire universel de France ou recueil général de généalogies historiques des maisons nobles de ce royaume par de Saint-Allais et par M. de La Chabeaussière. Réimpression textuelle de la première édition rarissime. Paris, Bachelin-Deflorenne, 1871-1877, 20 vol. in-8, demi-mar. rouge, avec coins, tête dor., n. rog. 150 fr.

Très bel exemplaire. Table à chaque volume.

4934. **Saint-Evremond.** Œuvres. Paris, 1740, 10 vol. in-12, veau. figures. 10 fr.

Comprend : Mélanges, 2 vol. — Mémoires, 3 vol. — Œuvres, 5 vol.

4935. **Sainte-Beuve.** Vie, poésies et pensée de Joseph Delorme. 2e édition. Paris, Delangle, 1830, in-8, demi-chag. rouge, tr. jasp. 5 fr.

4936. **Sainte Bible** (la). Paris, Desoer, 1819, 7 vol. in-12, veau gaufré, non rog. 30 fr.

Edit. bien imprimée.

4937. **Saluste**. Les Œuvres poétiques de G. de Saluste seigneur du Bartas. En ceste nouvelle édition est contenu tout ce qu'a esté mis en lumière du-dit auteur, tant avant qu'après son decez. Rouen, Adrien Ovyn, 1610, in-12, mar. rouge, fil. dent. int. tr. dor. (Chambolle-Duru.) 70 fr.

4938. **Sand** (Maurice). Masques et Bouffons (comédie italienne). Paris, M. Lévy, 1860, 2 vol. gr. in-8, cart., non rog. 60 fr.

Figures coloriées.

4939. **Sand** (George). La Mare au Diable. Paris, Hachette, 1857, 1 vol. in-12, br. Couv. 5 fr.

Edit. originale.

4940. **Sand** (George). Elle et Lui. Paris, Hachette, 1859, in-12, demi-mar. lavall., avec coins, tête dor., non rog. 6 fr.

Edit. originale.

4941. **Sand** (George). Les Beaux Messieurs de Bois-Doré. Paris, Cadot, 1859, 5 vol. in-8, br., non rog. Couv. 25 fr.

5942. **Sandeau** (Jules). La Chasse au roman. Paris, Charpentier, 1883, in-32, br. 4 fr.

Deux dessins de Ch. Nielsenn, exempl. sur papier de Hollande.

4943. **Sarah-Bernardt**. Dans les Nuages, impressions d'une chaise. Paris, Charpentier, in-4, demi-mar. vert, avec coins, tête dor., non rog. Couv. (Bretault.) 12 fr.

Illustrations de G. Clairin.

4944. **Satyre Menippée** de la vertu du Catholicon d'Espagne et la tenue des estats de Paris. A Ratisbonne (à la sphère), chez Mathias Kerner, 1664, pet. in-12, veau. 5 fr.

4945. **Saulcy** (de). Les Campagnes de Jules César dans les Gaules. Paris, Didier, gr. in-8, br. 3 fr.

2 cartes.

4946. **Scarron**. Le Roman comique, avec une Préface de Paul Bourget. Paris, Jouaust, 1880, 3 vol. in-12, mar. rouge. dent. int., fil., tr. dor. 100 fr.

10 eaux-fortes par Léopold Flameng.

— *Le même*, 3 vol. in-12, demi-mar. rouge, avec coins, tête dor., non rog., dos orné. 28 fr.

4947. **Schmidt** (J.-P.). Les Deux Miroirs, contes pour tous. Paris, A. Royer, 1844, gr. in-8, demi-chag. vert, plats toile, tr. dor. (Piqûres.) 10 fr.

Illustrations dans le texte et hors texte par Gavarni, C. Nanteuil, Français, de Beaumont, etc.

4948. **Seroux d'Agincourt**. Histoire de l'Art par les monuments, depuis sa décadence au IVe siècle jusqu'à son renouvellement au XVIe. Paris, Treuttel et Wurtz, 1823, 6 vol. in-fol., vélin blanc. 300 fr.

325 planches. Le tome II a une légère mouillure, Ire édition.

4949. **Sevigné**. Lettres de Madame de Sevigné à sa fille et à ses amis. Paris, 1819, 12 vol. in-12, veau. 10 fr.

4950. **Société** Rouennaise de Bibliophiles. Rouen, 1876, pet. in-4, br.

1. Le Mercure de Gaillon, avec Introduction par M. Périaux, front. 20 fr.
2. Procès entre Nicolas Piedevant, curé de Forest et les moines de S. Wandrille, avec Introduction et Notes par A. Canel. 8 fr.
3. Gomboust. Description des antiquités et singularités de la ville de Rouen. 8 fr.

4951. **Solvyns** (H.). Les Hindous ou Description de leurs mœurs, costumes et cérémonies, etc., dessinés d'après nature dans le Bengale. Texte en français et en anglais. Paris, chez l'auteur, imp. de Mame frères, 1808-1812, 4 vol. in-fol. demi-veau brun, avec coins, plats toile, dos orn. 300 fr.

Très bel ouvrage, orné de 292 planches coloriées.

4952. **Souvestre** (Emile). Le Monde tel qu'il sera. Paris, W. Coquebert, s. d., in-8. demi-chag. noir. 8 fr.

Illustrations par Bertall, O. Penguilly et St-Germain.

4953. **Sowinski** (Albert). Les Musiciens polonais et slaves anciens et modernes. Paris, A. Le Clerc, 1857, gr. in-8, br. 7 fr.

4954. **Sowinski** (Albert). Histoire de W. A. Mozart, sa vie et son œuvre. Paris, Garnier, 1869, gr. in-8, br., port. 5 fr.

4955. **Sowinski** (Albert). Histoire de la vie et de l'œuvre de Ludwig Van Beethoven. Paris, Garnier, 1865, gr. in-8, br., port. 5 fr.

4956. **Spectatrice** (la), ouvrage traduit de l'anglais d'Elis, Hayvood par Trochereau). La Haye, 1750, 4 vol. pet. in-8, br. 8 fr.

Joli frontispice gravé.

4957. **Stahl** (P.-J.). La Curieuse, histoire de Tom Pouce. Bruxelles, Meline, 1853, in-8, br. 1 fr. 50

Illustré de 150 vignettes de Bertall.

4958. **Suétone**. Des vies des douze Césars empereurs Romains, avec leurs portraits en taille-douce. Paris, Loyson, 1641, in-4, veau. 8 fr.

Frontispice et portraits.

4959. **Sully**. Mémoires de Sully, principal ministre de Henri-le-Grand. Nouvelle édition, plus exacte et plus correcte que les précédentes. Paris, Costos, 1814, 6 vol. in-8, veau, rac. port, 12 fr.

4060. **Swedenborg**. Du commerce de l'âme et du corps, traduit du latin d'Emmanuel Swedenborg. A Londres et se trouve à Paris, chez Barrois, 1785, in-12, br. 3 fr.

4961. **Tastu** (Mme Amable). Voyage en France. Tours. Mame, 1862, in-8, demi-chag. vert, plats toile, tr. dor. 4 fr.

Planches hors texte.

4962. **Taylor** (le baron J.). L'Alhambra. Dessins et lithographies par Asselineau publié par Didot, 1853, gr. in-fol. en feuilles. 6 fr.

4 pages de texte et 11 planches.

4963. **Théâtre**. Molière. Racine. Corneille, gr. in-8, demi-rel., chag. 4 fr.

4964. **Théophile**. Les œuvres divisées en trois parties. A Paris, chez Nic. Pépingué, 1662, in-12, veau. 5 fr.

4965. **Thibaud de Marly**. Vers sur la mort, publiés d'après un manuscrit de la bibliothèque du Roi. Paris, Imp. Crapelet, 1835, gr. in-8, demi-mar. bleu, avec coins, tête dor., n. rog., dos orné papier vélin. (Cuzin). 10 fr.

4966. **Thiers** (A.). Histoire du Consulat et de l'Empire faisant suite à l'histoire de la Révolution française. Paris, Jouvet, 1884, 21 vol. gr. in-8, br. fig. 50 fr.

4967. **Thompson**. Les Saisons, poème traduit de l'anglais. Paris, Imp. de Didot, 1796, in-8, veau écaille, papier vélin. 20 fr.

4 figures par Le Barbier, gravées par Baqnoy, Dambrun, Duprècl et Patas. Très bel exemplaire avec les figures avant la lettre.

4968. **Timkouski**. Voyage à Pékin, à travers la Mongolie en 1820 et 1821. Traduit du Russe par M. N..., revu par M. Eyriés, publié avec des corrections et des notes par M. J. Klaproth. Paris, 1827. 2 vol. in-8, de texte et atlas, in-4, demi-mar. citron, tr. jasp. 12 fr.

L'atlas contient 12 planches,

4969. **Topffer** (R.). Monsieur Vieux-Bois. Genève, 1846, in-8, oblong. br. Couv. 40 fr.

96 planches.

4970. **Touchard-Lafosse**. Histoire de Paris, composée sur un plan nouveau. Paris, Kralbe, 1833. 5 vol. in-8, demi-veau viol., tr. jasp. 10 fr.

Nombreuses illustrations.

4971. **Tradition catholique** (La), sur l'infaillibilité pontificale ou la définition du concile du Vatican devant l'écriture des pères et l'histoire par Mgr. l'archevêque de Bourges. Paris, V. Palmé, 1875-77, 2 vol. in-8, br. 4 fr.

Envoi de l'auteur.

4972. **Traité** des feux d'artifice pour le spectacle. Nouvelle édition, toute changée et considérablement augmentée par M. F***, D. D. F. D. B. Paris, Nyon, 1747, in-8, veau marb., tr. rouge. 10 fr.

Frontispice et 13 planches.

*Le Propriétaire-Gérant :* **Th. BELIN**.

Le Mans. — Typ. Ed. Monnoyer.

www.ingramcontent.com/pod-product-compliance
Lightning Source LLC
LaVergne TN
LVHW050231180726
843501LV00013BA/3746

* 9 7 8 2 3 2 9 6 4 3 5 1 9 *